Takatsuka Hideo Senryu collection

川柳作家ベストコレクション

高塚英雄

苦虫を噛んでないのにこんな顔

The Senryu Magazine
200th Anniversary Special Edition
A best of selection
from 200 Senryu writers' works

新葉館出版

己の心の奥を詠む川柳など自分には無理と諦め、
専ら「軽妙」を目指し、いまだ道半ばの状態です。
川柳とはアタマで詠むものだと考えております。

川柳作家ベストコレクション
高塚英雄 ■ 目次

川柳作家ベストコレクション

高塚英雄

第一章　軽妙に遠く

苦虫を噛んでないのにこんな顔
私ならこんな私と付き合わぬ
本物の臍は曲がっておりません

民族の和解へ神の通せんぼ

戦争の元に正義の神二人

万能でないから神も八百万

お前似じゃないと娘を誉められる
賢妻じゃないから僕を言い負かす
正直に言えば赦すは妻の罠

心臓へ偶には休めとも言えず

正直な数字が並ぶ裏帳簿

妬ましく聞くオレオレの被害額

悪友が先頭に来る住所録
悪友と呼ばれて悪い気がしない
物好きの言う親友は僕のこと

現総理からはイヤです栄誉賞

八月は改憲論もバケーション

救急車お代は税で先払い

入院で外泊先となる我が家

タンゴ好きだから小さな喫茶店

句集でも露見わたしの整理下手

真似るなと書いた背中を子らに見せ

子と僕が刻んだ妻の深い皺

病名をまた一つ足す年賀状

馴れ初めがナンパだったと子に言えず

夫婦してファーストキスは別の人

唇を盗み終身刑につく

神様へ見せてから拭く玉の汗

もっと汗かけとサウナの砂時計

副の付く役で汗かく縁の下

磨き砂あたりが僕の役どころ
庭掃除なるほどこれが濡れ落葉
休肝日だから誘いが有難い

ハッピーなもんか後期のバースデー

励ましはいいからそっとしておいて

荷造りの手がまた止まる都落ち

四段目にリカちゃんがいる雛飾り
雛飾りあってソファーに寝かされる
整形後　娘再び妻に似る

咳払い二つはお茶で帰す客

避雷針役も兼ねてる風見鶏

日時計の精度で足りる定年後

老母看る話へみんな下を向き

おふくろの味と比べて叱られる

兄嫁がおふくろの味確と継ぎ

手術する度に六腑が欠けていく

サラサラの血へネバネバを食わされる

眼の霞み白か緑か気にかかる

飯を食う　食後のクスリ服む為に
錠剤の閲兵をする朝の卓
百薬の長へ健保がなぜ利かぬ

テフロンが剥げた手鍋と五十年

震度5へ妻を残して逃げた悔い

円満へ容姿の話題避けている

久々に立つ校庭の狭きこと
我が母校　受験の孫のスベリ止め
進学も入社もわたし補欠枠

マドンナの薄命を聞くクラス会

ヘソクリは気付かぬ振りで肥らせる

マイナスのイオン家計簿から貰う

整頓をせよと空巣に言われそう

空巣除け扉に貧のシール貼り

旧姓の印も大事に仕舞う妻

用件はお金セガレもオレオレも

息子宅訪えばホテルに泊らされ

乗る前に靴脱がされる子の新車

洗剤が切れると替える購読紙

定年で知るカミさんの広い顔

思い出すテレビに物が置けた頃

腹の立つ忠告だから受け入れる

ジョギングを抜かす無礼なウォーキング

花の名を妻に教わるウォーキング

真夏日を猛暑日にする妻の愚痴

リストラの夫に頼む菜の間引き

お隣の芝生も冬は枯れている

紅白を観ながら詰めるポチ袋

兄ちゃんの額が気になるお年玉

硬貨から紙幣へ移る児の好み

三浪の息子も髪はストレート

深すぎて子が溺れてる母の海

父の山呑み込んでいる母の海

テーブルへ潜ったりせぬ余震慣れ

子の何故へオシベメシベが駆り出され

パパママの期待に揺らぐ一輪車

徘徊の健脚追って息が切れ

三高を満たして情の無い夫

受験日の子へ茶柱をそっと立て

スポンサー名も入れたいランドセル

わが家への寄港を渋る宝船

老妻のものとは知らぬ下着ドロ

階段と手すり付きです老いの虹

故郷にある富士山のミニサイズ

古里は遠くにありて進む過疎

産前か産後か迷う披露宴

出来ちゃった婚じゃないよと噂され

入籍も離婚も百均のハンコ

チビ達も直ぐに馴染んだ子連れ婚

毛糸編みばかり捗る受診待ち

冷え性へ夫は冬の必需品

川の字がHへ変わる児の寝相

酒タバコ止めてと子らに言わす妻

離婚しちゃダメと書いてる子の寝顔

ヤル気出す主夫へ流しが低すぎる

春眠の続きはゴミを出してから

人徳の無さを生前葬でしる

預金額彼に訊かれた初デート

同性もある平成の配偶者

秋茄子を食わせたいのに嫁が来ぬ

花よりも野菜植えたい戦中派

食べ残ししないでママが肥るから

あー疲れた僕と遊んだ孫が言う

面白い人だが夫には不向き

綱なしじゃ離れてしまう夫婦岩

すっきりとそうでないのが出る家裁

孫を待つコウノトリより長い首

若作りするから老いがなお目立ち

譲られた席へムクレる若作り

公園のママに砂場派ブランコ派

追熟のキウイ林檎に借りができ

散り方を言うより先ずは咲きなはれ

第二章　ヤモメの詠める

一年の早さを告げる誌代切れ

遮断機を電車側にも降ろしたい

競歩並み不動産屋の徒歩5分

ピストルに一人倒れるフライング

老衰で逝く日本の死刑囚

その工事待てと縄文土器が出る

ピサの塔まっすぐ見える向きもあり

衆参で同じト書きの茶番劇

贅沢か見栄か日本の二院制

竹藪のスカシが入る医師免許

浪人へ狭き前田の赤い門

赤門に通じる坂がよく滑る

放射能ガンを生んだり治したり

シーベルト除染除染の冬の旅

雨漏りが少し気になる核の傘

イジメから逃れ仮病の保健室

弱者への救いの網が粗すぎる

廣重の絵を串刺しにするリニア

石材の需要を減らす樹木葬

痛くない採血をする蚊の妙技

眼の中を飛ぶ蚊も夏の季語ですか

歌会に見る平安のスローモー

モーツァルトの甘美を生んだ塩の町

マリファナは如何ですかとモダンジャズ

恐竜の骨に委ねる村おこし

ゆるキャラの中で汗かく公務員

ＤＪポリス総監賞を舌で獲り

メジャーへとなびく日本の飛車と角

再選へ票田の施肥怠らず

ご遺族と呼んでは拙い事故現場

格安のランチで居酒屋が撒き餌

お姫さま抱っこ火事場で叶えられ

ドアマンの頭に厚い紳士録

釘舐めて鉄分を摂る大工さん

本州を島と思わぬ日本人

現実が見え過ぎる子の小さき夢

一見へバリアフリーでない老舗

鐘の音が聞こえてきそうミレーの絵

大鍋を重機で据える芋煮会

乱心じゃないから入れる座敷牢

ネグリジェのヤジ馬もいる夜の火事

織姫と彦星に来ぬ倦怠期

夫々のサイズで光る千枚田

白旗を揚げて攻め込む源氏軍

九条が桜と錨引き離す

ニッポンが勝つとルールが変えられる

チアガールほどは元気の無い選手

敵軍も奮い立たせるチアガール

黒揚羽どなたの通夜へ行くのやら

遣り手ではないからなれた副社長

株価欄以外は読まぬコガネ虫

コンビニがサライを兼ねる都市砂漠

石高を銘菓に残す城下町

後継者見付ける腕は無い匠

ワンランク下げよと絵馬のアドバイス

叶わない絵馬が燻るお焚き上げ

校則を破る子らにも選挙権

転がった箸にも笑う選挙権

卒業の成績順じゃない出世

店長を叱りつけてるのがパート

画用紙が無くて残った洞窟画

該当者ナシと書きたい投票所

妍競うシンクロ美女は鼻つまみ

朝貢をせよと中国言いたそう

徘徊が戻りましたと広報車

お遊びの市議団が訪う姉妹都市

コンビニと言うには遠い峠越え
モンタンが歌ったように散る枯葉
入社式にも用意する保護者席

病院にゴッドハンドも殺し屋も

カルテには年収欄もちゃんとあり

神棚のデカいのがある手術室

台風の義理の姉ですハリケーン

湯豆腐へ五右衛門偲ぶ南禅寺

中ロ戦　日中戦もある野球

カウボーイの裔が邪魔する銃規制

クチナシがハローワークの庭に揺れ

同床じゃないから多分異夢だろう

君の名は春樹に非ずボブ・ディラン

美人の湯　出た妻に訊くどなた様

刑務所の庭に洗足池があり

フクシマがまだ福島へ戻れない

マッサージチェアと似ている電気椅子

トランプがオバマの鶴を折り返す

七日でも満足ですと蟬は逝き

日に三度釣った魚に給餌され

字余りもあり早春のホーホケキョ

子育てを外注に出すホトトギス

野球殿堂に正岡子規も入り

抱卵をするカッコーの変わり者

私の方がペットの癒し役

マンモスの牙でまかなう発掘費

オシドリも鳩も結構ケンカ好き

嗅覚のナビで故郷へ還る鮭

駆けていた方が楽だと泣く種牡馬

法師ゼミ尽くす尽くすと空手形

豹がらの本物がいる天王寺

三猿へ一匹足して守らザル

ベランダの空気汚しているホタル

臥す妻の遺言めいた家事指南

たっぷりのサプリ遺して妻は逝き

せっかちな妻は黄泉へとフライング

妻よりも化粧が巧いおくり人

慣れぬこと故と不首尾を詫びる喪主

運転手一人で戻る霊柩車

妻の死という極上の免罪符

事故死ならなどと言ううまい保険金

カミさんの遺影は赤い糸で吊る

生前の倍も遺影とする会話

寂しさに耐えて不便に泣くヤモメ

ビタミンを野菜ジュースで摂るヤモメ

亡妻のお茶碗借りてダイエット

再婚をしたきゃどうぞと笑む遺影

お供えの花は遺影へ背中向け

長かったいや早かった七回忌

お坊さん呼ばず手抜きの七回忌

僕だけが六歳老ける七回忌

賞味切れ供え遺影に叱られる

来世もと言えば遺影がソッポ向き

来世また君の夫へ立候補

あとがき

個人句集を出すなど考えたこともなかったが、川柳マガジン誌の記念企画のお声がけへ敷居が高いとは思いつつ錚々たる二百名の末尾に加えて頂いた。

元々、日曜大工が趣味で定年後に近くの木工所に通い、高性能の木工機械を使って遊び半分で物作りを楽しんでいたが、理由が判らないままオーナーの怒りを買ったようでクビとなった。家でごろごろされては迷惑と考えた家内から、千葉市の市政だよりに出ていた公民館の川柳講座行きを勧められ、大城戸紀子からたち川柳会会長から本格川柳の手ほどきを受けた。

それまでも有名な古川柳を聞いたり、落語で出て来る戯句（くちなしや鼻から下は直ぐに顎、の類）には親しんでおり、言葉遊びの句を作って新聞の川柳欄に投句してはいたが、まっとうな川柳に接し目からウロコの感だった。

千葉県川柳界の長老（平井吾風、安藤亮介、大堀貴美雄さん他）に従いてアッシー役も兼ねて各地の句会へ顔を出し、座の文芸としての川柳の楽しさを教えて頂けたことは幸運だった。後には津田暹さんの勉強会にも加えて頂き、理論面でもご指導を受けることとなったが、今までは受けるばかりで、その成果を初心者や後輩へ伝える努力を怠っていて申し訳なく思っている。

川柳は短歌・俳句と共に短詩型文芸と言われるが、文芸などと振り被らず先ずは楽しむことが第一と考えており、このような真剣さの欠如の所為か、なかなか上達せず今日に至っている。川柳本道から逸れているのだろうが、個人的には「川柳は神様や蟻の視点から人間を観察し、アタマを使って面白く作るもの」だと思っている。但し、「知的で品のある面白さ」を目指すことは忘れたくないとも思っている。品性に欠ける私には不可能に近いことであるが。

二〇一八年三月吉日

高塚　英雄

●著者略歴

高塚英雄（たかつか・ひでお）

昭和15年（1940）二月　福岡県の炭都・田川市で生まれる
昭和37年（1962）三月　大学卒業（技術系）、就職で上京
平成2年（1990）頃〜　自己流の川柳マガイで新聞投句
平成12年（2000）二月　60歳で定年退職
平成15年（2003）五月　千葉市公民館で川柳講座を受け、からたち川柳会（四街道市）に入会
平成30年（2018）現在　からたち川柳会会長、千葉ふぁうすと川柳会会長、千葉県川柳作家連盟理事、ふぁうすと川柳社同人
12ヶ所の句会へ出席、
12の柳誌・句会へ投句

川柳作家ベストコレクション
高塚英雄
苦虫を嚙んでないのにこんな顔
○
2018年 8 月11日　初　版
著　者
高　塚　英　雄
発行人
松　岡　恭　子
発行所
新　葉　館　出　版
大阪市東成区玉津1丁目9-16 4F　〒537-0023
TEL06-4259-3777㈹　FAX06-4259-3888
https://shinyokan.jp/
○
定価はカバーに表示してあります。

ISBN978-4-86044-965-0

今はじめる人のための
俳句歳時記　第三版

角川書店＝編

角川文庫
24515